GEORGES FEYDEAU

Les Enfants

MONOLOGUE EN VERS

dit par

COQUELIN AINÉ

de la Comédie-Française

PRIX : UN FRANC

PARIS

PAUL OLLENDORFF, ÉDITEUR

28 bis, Rue de Richelieu, 28 bis

1887

LES ENFANTS

DU MÊME AUTEUR:

AUX ANTIPODES, monologue provenço-comique, dit par Madame Judic, du théâtre des Variétés, 2e édition........................ ..... 1 »

UN MONSIEUR QUI N'AIME PAS LES MONOLOGUES, monologue comique, dit par Coquelin cadet, de la Comédie-Française, 3e édition............. 1 »

LE MOUCHOIR, monologue en vers, dit par F. Galipaux, du Palais-Royal, 2e édition............ 1 »

LE PETIT MÉNAGE, fantaisie en vers libres, dite et illustrée par Saint-Germain, du Gymnase..... 1 »

LA PETITE RÉVOLTÉE, monologue en vers, dit par mademoiselle O. d'Audor, des Variétés, 3e édit. 1 »

TROP VIEUX! monologue en vers, dit par Saint-Germain, du Gymnase, 3e édition............ 1 »

LES CÉLÈBRES, monologue com., dit par Coquelin Cadet, de la Comédie-Française, 2e édition.... 1 »

LE VOLONTAIRE, monologue comique en vers, dit par F. Galipaux, du Palais-Royal............ 1 »

LE COLIS, monologue en vers, dit par Saint-Germain, du Gymnase, 2e édition. . . .. 1 »

LE BILLET DE MILLE, monologue en vers, dit par Saint-Germain, du Gymnase, 2e édition........ 1 »

L'HOMME ECONOME, monologue comique, dit par Coquelin Cadet, de la Comédie-Française...... 1 »

L'HOMME INTÈGRE, monologue comique en prose, dit par Coquelin Cadet, de la Comédie-Franç.. 1 »

GIBIER DE POTENCE, comédie bouffe, en un acte.. 1 50

En préparation:

NOTRE FUTUR, saynète en un acte, jouée par mesdemoiselles Reichenberg et Bartet, de la Comédie-Française................................ 1 »

AU RIDEAU! recueil de monologues et saynètes .. 3 50

GEORGES FEYDEAU

Les Enfants

MONOLOGUE EN VERS

DIT PAR

COQUELIN AINÉ

de la Comédie-Française

PARIS

PAUL OLLENDORFF, ÉDITEUR

28 bis, Rue de Richelieu, 28 bis

1887

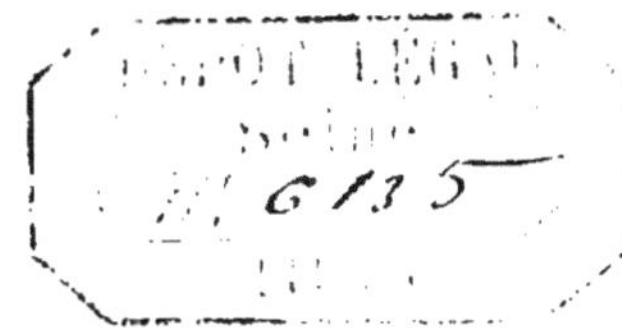

Les Enfants

J'entends souvent parler de l'homme
Pour sa supériorité :
Rien le rend-il si lâche, en somme,
Si sot, que la paternité ?
En vérité, je me demande,
Quand je constate les tourments
Qu'il faut toujours qu'on en attende :
A quoi ça sert-il, les Enfants ?

On les adore — eh ! pourquoi faire ? —
Et l'on se voue à leur bonheur !
A quoi bon se river sur terre
Un boulet, de gaîté de cœur ?
C'est le trouble, l'inquiètude,
Un tracas de tous les instants !
Tout, sans espoir de gratitude...
A quoi ça sert-il, les Enfants ?

Et l'on subit le magnétisme
Qui vous plie à ce tout petit ;
Est-ce orgueil ou bien égoïsme ?
Devant son œuvre on s'aplatit.
L'homme est fier de sa créature,
S'en fait l'esclave en même temps...
Et c'est la loi de la nature !
A quoi ça sert-il, les Enfants ?

Ah ! je comprends vraiment la bête
Insouciante à ses petits,
Qui, le temps qu'il faut, les allaite,
Puis, part sans l'ombre de soucis.
Voilà des instincts admirables !
— A l'appui de nos arguments ! —
Que les bêtes sont raisonnables !...
A quoi ça sert-il, les Enfants ?

Puis, se séparant dans la vie,
La bête va de son côté,
Libre au gré de sa fantaisie,
Ignorant sa postérité.

Les petits peuvent bien se dire :
« Ça ne sert à rien, les parents ! »
Mais chacun vit comme il désire !...
A quoi ça sert-il, les Enfants ?...

Oh ! toi qui parles de la sorte,
Matérialiste enragé,
Toi, beau parleur, toi, tête forte,
Je voudrais te voir fustigé !
Non, tu n'as jamais été père
Pour tenir ces raisonnements !
En ce disant, es-tu sincère ?
« A quoi ça sert-il, les Enfants ? »

Mais ce sont eux qui font ta vie !
Mais ils sont ta chair, ils sont toi !
Et tout leur être s'associe
A ton être qui fait leur loi.
Puis, lorsque les destins te tuent,
Tu revis dans tes descendants
Car tes Enfants te perpétuent...
C'est à quoi servent les Enfants !

Mais tu n'as donc plus souvenance
Que tu fus jeune, toi, comme eux !
Et qu'on fit fête à ta naissance,
A toi qui fais le dédaigneux !
Peux-tu blasphémer ta jeunesse !
Heureux pour toi que tes parents
N'aient pas dit, avec ta sagesse :
« A quoi ça sert-il les Enfants ? »

D'ailleurs, toute parole est vaine :
Preuve que la Maternité,
Est une chose bien humaine...
C'est qu'elle a toujours existé.
Que serait la machine ronde
Avec tes beaux raisonnements ?
L'Enfant régénère le monde...
C'est à quoi servent les Enfants !

Et c'est partout dans l'existence :
Tu retrouves à chaque pas
Cette bienheureuse influence
Qu'exercent tous ces petits gas :

Toi! quand le trouble est au ménage,
Qui fait cesser les différends ?
L'Enfant, qui chasse le nuage.
C'est à quoi servent les Enfants !

Toi, lorsque le chagrin te ronge,
Que la défaillance te prend,
Souvent tu vois la mort en songe,
Tu veux en finir lâchement ;
Qui t'arrête ? L'Enfant, que diantre !
Lorsque l'on a des garnements,
Cela vous met du cœur au ventre...
C'est à quoi servent les Enfants!

Toi, le philosophe, l'athée,
Le libre-penseur, l'esprit-fort !
Toi qui, d'une âme dégoutée,
Méprises Dieu, la foi, la mort :
L'Enfant pourtant ! voilà ta fibre,
Qui fait tomber tes arguments,
Et, grâce à lui, ta corde vibre...
C'est à quoi servent les Enfants.

Toi qui regardes la frontière,
Le pays que l'on a perdu
Si dans ton sein ton cœur se serre,
Dis, comment te consoles-tu ?
Nous aurons la deuxième manche,
Espères-tu ; chacun son temps !...
L'Enfant est là pour la revanche !
C'est à quoi servent les Enfants !

Oh ! toi qui n'aimes pas l'enfance,
Attends que tu sois père un jour !
C'est là, malgré ton arrogance,
Que l'on te tiendra, par l'amour !
Et, va, — c'est plus fort que nous mêmes, —
Perds un seul de ces innocents,
Et tu verras si tu les aimes,
Et si cela sert, les Enfants !

MONOLOGUES

AFFAIRES (les), monologue par Jean Mézin, dit par Coquelin cadet, de la Comédie française...... 1 »

AIGUILLEUR (l'), monologue dramatique, par A. Scheler, dit par Worms, de la Comédie-Française. in-18. 1 »

AMATEUR (l') DE PEINTURE, monologue, par Phil. Gille, dit par Coquelin cadet, de la Comédie-Française, illustrations de Loir Luigi, in-18 .... 1 »

AMOUREUX (les), fantaisie en vers par Ch. Clairville, dite par Coquelin aîné, de la Comédie-Française (illustrations de Cabriol), in-18 .... 1 »

APRÈS LE MARIAGE, monologue, par Paul Manivet, dit par Mlle Marsy, de la Comédie-Franç., in-8... 1 »

ARDOISE (l'), poésie, par Henri Jouin, dit par Mlle Reichenberg de la Comédie-Française........... 1 »

ASSURÉ (l'), monologue en vers, par Marcel Belloc, dit par F. Galipaux, du Pal.-Roy., in-18, 2e éd. 1 »

AU JARDIN DES PLANTES, poésie, par Paul Lheureux, dite par Galipaux du théâtre du Palais-Royal (couverture illustrée par H. Gray)................. 1 »

AUTOUR D'UN CHAPEAU, saynète, par Jules Legoux, jouée par Mlle S. Reichenberg de la Com.-Fr., in-18 1 »

AUX ANTIPODES, monologue, provenço-comique, par Georges Feydeau, dit par Mme Judic, des Variétés, (couvert. illustrée par Lorin), 1 v. in-18, 2e éd. 1 »

BAIN (le), monologue, par Charles Samson, dit par F. Galipaux, du th. du Pal.-Roy., in-18, 2e éd 1 »

BAVARDES (les), scène tirée du *Mercure Galant* de Boursault, in-18 .... » 50

BILLET DE MILLE (Le), monologue en vers, par Georges Feydeau, dit par Saint-Germain, du Gymnase. 1 »

BIJOU PERDU (le), monol. en pr. par Louis Bridier et Edouard Philippe............................ 1 »

BON DIEU (le), mon. en vers, par E. Grenet-Dancourt dit par Coquelin aîné, de la Com.-Franç., 2e éd. 1 »

Boudiné (le), par V. Revel, thèse en vers soutenue par Georges Noblet, du théâtre du Gymnase (couverture illustrée par Jan Van Beers) .... 1 »

Bouton (le), mon., par Hixe, dit par Des Roseaux 1 »

Bretelles (les), monologue en vers, par V. Revel, dit par Coquelin cadet, de la Comédie-Française. 1 »

Candidat (le), monologue, par E. R., in-18...... 1 »

Célèbres (les), monologue comique, par Georges Feydeau, dit par Coquelin cadet, de la Comédie-Française, in-18............................ 1 »

C'est la faute au Sillery, monol. en vers (avec illustrations de E. Klips), par A. Desmoulin, dit par Berthelier, in-18 .... 1 50

Il a été tiré 25 exempl. de luxe sur papier Whatmann à 4 francs; 15 sur papier de Chine à 6 francs ; et 4 sur papier du Japon à 8 francs.

Chapeaux (les), par J. G. Vibert, conférence faite au théâtre des Variétés par Berthelier. Un album in-4, illustré de 20 dessins 1 50

Chasse (la), mon. comique, par E. Grenet-Dancourt, dit par Coquelin aîné, de la C.-Fr., 5e éd., in-18 1 »

Cheval (le), mon., par Pirouette, dit par Coquelin cadet, de la C.-Fr. (illustr. par Sapeck), in-18, 3e éd. 1 »

Il a été tiré 25 exemplaires sur papier Watmann (1 à 25) à 3 francs ; 10 exemplaires sur papier du Japon (26 à 35) à 6 fr.

Chirurgien (le) du Roi s'Amuse, mon., par Arnold Mortier, dit par Coquelin cadet de la Comédie-Franç. dessins de Sapeck.......................... 1 »

Il a été tiré 7 exempl. sur papier de Chine à 3 fr. ; 15 exempl. sur papier du Japon à 5 francs.

Cinq ans après, sayn. en pr., par Jules Legoux, jouée par Mme Damain, du Vaudeville, in-18, 2e éd. 1 »

Le Colis, mon. en vers, par Georges Feydeau, dit par Saint-Germain, du Gymnase, in-18........... 1 »

Comédie-Française a Alexandre Dumas, (la), à propos en vers, par M. Jean Aicard, dit à la Comédie-Française par M. Delaunay, le jour de l'inauguration de la statue d'Alexandre Dumas sur la place Malesherbes, 4 novembre 1883, in-16. .... » 50

Il a été tiré à part 25 exemplaires numérotés sur papier de Hollande à 2 francs et un exemplaire unique sur papier du Japon offert à M. Alexandre Dumas fils

CONFESSION (la), duo mimique par un seul personnage, par Paul du Crotoy et Félix Galipaux, dit par Félix Galipaux, du th. du Palais-Royal, in-18, 2e éd. 1 »

COQ A L'ANE, monologue en vers, par Marcel Belloc, dit par Coquelin cadet, de la Com.-Franç... 1 »

COSTUME DE PIERROT (le), histoire vraie, monologue dramatique en vers par Alphonse Scheler, dit par Mme Sarah Bernhardt, in-18 .... 1 »

DE LA PRUDENCE, monologue en prose, par A. Guillon et A. des R., dite par Mlle J. Thénard, de la Comédie-Française .... 1 »

DÉMOCRITE (scène tirée de), de Regnard, arrangée par Coquelin aîné, de la Comédie-Française...... » 50

DÉPUTÉ (le), monologue, par E. MORAND, dit par Coquelin cadet, de la Comédie-Française. ..... 1 »

ELECTION (l'), monologue en vers, par Julien Berr de Turique, dit par Coquelin cadet, de la Comédie-Française. .... 1 »

EMPLOYÉ (l'), monologue en prose, par Edouard Noel, dit par Coquelin cadet, de la Com-Fr. in-18. 1 50

EN FAMILLE, monologue en prose, (avec illustrations de A. Sapeck), par G. MOYNET, dit par Coquelin cadet, de la Comédie-Française, in-18........ 1 50

Il a été tiré 25 exemplaires de luxe sur papier Whatmann à 4 francs ; 15 sur papier de Chine à 6 francs ; 4 sur papier du Japon à 8 francs.

ESCAPADE (l') scène par André Thomas, dite par Mlle Blanche Frémeaux, de la Com.-Fr. in-18 1 »

EXAMEN DE CONSCIENCE (l'), monologue en vers, par A. Mélandri, dit par Mlle Reichenberg, de la Comédie-Française, in-18 .... 1 »

FLIRTATION, monologue, par Eugène Adenis, dit par Coquelin aîné, sociétaire de la Com.-Fr., in-18 1 »

FOUS (les), poesie comique, par Charles Samson, dite par Coquelin aîné, sociét. de la Com.-Fr., in-18 1 »

GARÇON D'HONNEUR, odyssée en vers, par Paul Roux, racontée par Homerville (dessins de E. Ricaud) 1 50

GENS (les), fantaisie rimée, par Georges Lorin, dite par Félix Galipaux, du théâtre du Palais-Royal, (illustrée par Cabriol, sur papier teinté....... 1 50

Quelques exemplaires sur papier du Japon à 6 francs.
» » sur Whatmann à 4 francs

Godart, monologue en prose de G. Moynet, dit par Coquelin cadet, de la Comédie-Française..... 1 »

Halle aux Baisers (la), monologue en vers par A. Mélandri, dit par Mlle Reichenberg, de la Comédie-Française (dessin de Willette)............ 1 »

Homme maigre (l'), monologue par Robert de Lille, dit par un *Homme gras*......................... 1 »

Homme propre (l'), monologue en prose par Ch. Gros. dit par Coquelin cadet, de la Comédie-Française (illustration de Cabriol)...................... 1 »

Homme qui baille (l'), monologue comique par Grenet-Dancourt, dit par Coquelin cadet, de la Comédie-Française, 2e édition......................... 1 »

Homme qui ne peut pas Siffler (l'), conte en vers par Eugène Adenis, dit par Coquelin aîné, de la Comédie-Française, in-18......................... 1 »

Je ne veux plus Aimer, monoloque par Julien Berr de Turique, dit par Georges Guillemot, du théâtre du Gymnase, in-18 .... 1 »

Je vous Aime ! monologue en vers par Alph. De Launay, dit par Mlle Lincelle, du th. du Vaudev. 1 »

Idylle parisienne, monologue en vers par Georges Gillet, dit par Deroy, du th. de la Gaîté, in-18. 1 »

Lamento du Coquillage (le), insanité rimée par A. Mélandri, dite par Coquelin cadet, de la Comédie-Française (illustr. de Moloch), in-18........... 1 »

Lettre d'Amour, saynète en prose par Jules Legoux, jouée par Mme Jeanne Marni, du théâtre du Gymnase, in-18................................ 1 »

Lettre Rose (la), monologue par Alphonse De Launay, dit par Mme Marguerite Conti, du théâtre de la Renaissance, in-18.......................... 1 »

Lunettes de ma Grand'Mère (les), monologue en vers par H. Montapon, dit par Mlle Reichenberg, de la Comédie-Française, in-18......................... 1 »

Madame la Colonelle, monologue en prose par Bridier et Édouard Philippe, dit par Mme Suzanne Lagier, du théâtre de la Porte-Saint-Martin, 3e édit., in-18 .... 1 »

MAISONS (les), rimes humoristiques, par Georges Lorin, illustrées par Loir Luigi, dites par Félix Galipaux, du théâtre du Palais-Royal 1 50

Quelques exemplaires sur papier du Japon, 8 francs.
» » » de Chine, 6 francs.

MAMAN ! naïveté en vers, par Paul Roux, dite par Mlle Hamann, du théâtre de l'Opéra, in-18... 1 »

MICROBES (les), mon., par Maurice Millot, in-18. 1 »

MINET, mon., en v., par F. Bessier, dit par E. Bonheur. in-18.. 1 »

MOINE (le), monol., par Jean Nicolaï, dit par Madame Anna Judic, du th. des Variétés, 2e éd., in-18. 1 »

MOLIÈRE, stances par Ch. Jolliet, dites à la Comédie-Française, par Sarah Bernhardt et Lloyd, le 15 janvier 1879, à l'occasion du 257e anniversaire de la Naissance de Molière .... » 50

MON DUEL, scène-monologue, par Paul Nas, avec de nombreuses illustrations dans le texte, in-18.. 1 »

MONOLOGUE (le), mon. en pr., par E. Bourrelier, dit par De Féraudy, de la Comédie-Fr., in-18.... 1 »

MONOLOGUE MODERNE (le), par Coquelin cadet, de la Comédie-Française. In-16, avec illustrations de Loir Luigi.. 2 »

Il reste de ce monologue quelques exemplaires de luxe sur papier teinté à 4 fr.; sur papier de Hollande à 6 fr.; sur papier Whatman à 6 fr.; sur papier de Chine à 8 fr; sur papier du Japon à 10 fr.

MONOLOGUES COMIQUES ET DRAMATIQUES, par E. Grenet-Dancourt, 4e édit., 1 vol. gr. in-18........... 3 50

MONOLOGUES ET RÉCITS, par Emile Boucher et Félix Galipaux, 1 vol. in-18....... .... 2 »

MON PARAPLUIE, monologue en vers, par Elie Frébault, dit par Félix Galipaux, du Palais-Royal. In-18 1 »

MONSIEUR MON PARRAIN, saynète, par J. Legoux, jouée par Mlle Durand, de la Comédie-Franç. In-18. 1 »

MOUCHE (la), monologue en vers, par E. Guiard, dit par Coquelin aîné, de la Comédie-Française. 23e édition, in-8.. 1 »

MOUCHOIR (le), monologue en vers, par G. Feydeau, dit par Félix Galipaux. In-18. .... 1 »

MOYEN DE RESTER FILLE (le), fant. en vers, par V. Revel, dite par Mlle G. Réjane, du Théât. des Variétés 1 »

NOURRICE (la), monologue en prose, par Ernest Daudet dit par Mlle Reichenberg, de la Comédie-Française. In-18 ... 1 »
Quelques exemplaires sur papier de Hollande, 2 fr.

NOUVEAU-NÉ (le), poésie par Jules Adenis, dite par Mlle Reichenberg, de la Comédie-Franç. In-18. 1 »

ON DEMANDE UN MINISTRE! monologue en prose par Maurice Desvallières et Gaston Joria, dit par Mademoiselle Thénard, de la Comédie-Fran. In-18. 1 »

PANOPLIE : *le Drapeau, les deux Clairons, le Casque, l'Espée*, par Jules Legoux. In-18, illustrations par M. Gérald ... 1 50

PARIS, monologue en prose, par E. Grenet-Dancourt, dit par Coquelin cadet, de la Comédie-Française 8e édit., in-18 ... 1 »

PAR TÉLÉPHONE, saynète, par Jules Legoux, jouée par Mlle Thenard de la Comédie-Française. In-18 1 »

PETITE CHOSE (la), monologue en vers, par V. Revel, dit par Mlle G. Réjane, du théâtre du Vaudeville et par Galipaux, du théâtre du Palais-Royal. In-18... 1 »

PETITE RÉVOLTÉE (la), monologue en vers, par G. Feydeau, dit au Cercle des Castagnettes par Mademoiselle O. d'Andor ... 1 »

PETIT-JEAN, par J. Truffier, à-propos en vers, dit à la Comédie-Française, par Coquelin aîné, le 21 décembre 1878, à l'occasion du 239e anniversaire de la naissance de Racine. In-18 ... 1 »

PETIT MÉNAGE (le), monologue en vers, par G. Feydeau, dit et illustré par Saint-Germain, du Gymnase 1 »

PIANISTE (le), monologue en prose, par E. Morand, dit par Coquelin cadet, de la Comédie-Franç. In-18 1 »

PIÈCES A DIRE, par Adolphe Carcassonne, 2e édit., 1 vol. gr. in-18 ... 1 »

POT A FLEURS (le), monologue en vers, par H. LEFEBVRE, dit par F. Galipaux, du théâtre du Palais-Royal 1 »

POUR LES JEUNES FILLES, monologue en vers, par Jacques Normand, dit par Mlle Barretta, de la Comédie-Française... ... 1 »

PRÉDICTION (la), poésie, par André Alexandre, dite par Mme Emilie Broisat, de la Comédie-Franc. In-18 1 »

Paris. — Imp. A. WARMONT, Palais-Royal

LIBRAIRIE PAUL OLLENDORFF

28 *bis*, Rue de Richelieu, PARIS

Disons des Monologues, par Paul Lheureux, 1 vol. in-18 . . . . 3 50

A côté de la Rampe, comédies et saynetes, par E. Romberg, 1 vol. gr. in-18 . . . . . 3 50

Nouveaux proverbes, par (Tom-Bob), contenant *Le Page Vénitien*, *Après la Pluie le Beau Temps*, *Un Bijou n'est jamais perdu*, 1 vol. in-18 . . . . 1 50

Théâtre bizarre. — Une Vocation. — L'Athlète. — Un Ménage Grec. — Trilogie fantaisiste, en vers, par R. Palefroi, 1 joli vol. in-16 . . . . 4 »

La Prononciation Française et la **Diction**, à l'usage des écoles, des gens du monde et des étrangers, par Alfred Cauvet, 1 vol. in-18. . 2 50

Principes de Diction, par H. Dupont-Vernon, de la Comédie-Française, 1 vol. in-18. . . . 2 »

La Diction et l'Éloquence, par Alphonse Scheler, 1 vol. in-18 . . . . 1 »

Les Mille et une Nuits du théâtre (1re sér.), par A. Vitu, 1 vol. gr. in-18 . . . . 3 50

Les Mille et une Nuits du théâtre (2e série) par A. Vitu, 1 vol., gr. in-18. . . . . 3 50

Les Mille etune Nuits du théâtre (3e série) par A. Vitu, 1 vol., gr. in-18. . . . . 3 50

L'Art de dire le Monologue, par Coquelin aîné et Coquelin cadet, de la Com.-Fr., 1 v. gr. in-18 3 50

Monologues Comiques et Dramatiques, par E. Grenet-Dancourt, 1 vol. in-18.. . . . . 3 50

Monologues et Récits, par Emile Boucher et Félix Galipaux, 1 vol. in-18 . . . . 2 »

Théâtre à la Ville, comédies de cercles et de salons, par E. Ceillier, 1 vol. in-18. . . 3 »

Théâtre de Campagne, par E. Legouvé, E. Labiche, H. Meilhac, E. Gondinet, etc., etc. Ont paru les séries 1 à 8. Chaque série forme un volume in-18 jésus. 3 50

Paris — Imp. A. Warmont, 22-24, Galerie d'Orléans, Palais Royal.

www.ingramcontent.com/pod-product-compliance
Lightning Source LLC
LaVergne TN
LVHW020509230826
846091LV00008BA/3421

* 9 7 8 2 3 2 9 6 6 1 5 4 4 *